金近敦子第二歌集

東から西に

テディベアものがたりⅡ

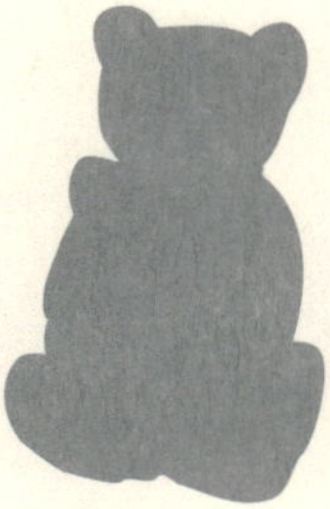

青磁社

＊目次

プロローグ　二〇一二　風景

二〇一三　晩春の日に

二〇一四　いのち

装画　道原聡「フィレンツェ　花の聖母マリア大聖堂」
装画等撮影　大谷京子
装幀　仁井谷伴子

金近敦子歌集

東から西に〈テディベアものがたりⅡ〉

プロローグ　二〇一二　風景

風景

夾竹桃はトスカーナにも咲いていた…

たましひはフィレンツェに在り鎧戸と朱色の屋根の小路が見ゆる

雨上がり見晴らしのよき公園でドゥオモの屋根のアーチ見つめき

夾竹桃トスカーナにも咲くことを知りし八月忘れ得ぬまま

偶然はダヴィデの像の足元に三人の運命手繰り寄すごと

風の中で別別に見し風景はひとつに重なり「歌集」生まるる

水底の幻

沖縄の海とアールヌーボーガラス器に

珊瑚礁の弱りゆくうみ沈黙し帯なす光のみどりの淡く

塩水でさかなに成りうるエラあらば珊瑚の葉蔭にうたた寝をせむ

水底に眠る珊瑚のしろきゆび魔法のやうにひらく紫

ちさき魚の群れはキラキラ揺らめいて珊瑚の穂波を風は吹き抜く

青きガラスみなそこ描くエナメルに海辺のいきもの遊ぶ水差し

君とともに

家族で続けて来たスキー。雪山で得た自由は、大きい。

きみと共にゲレンデに立つ厳冬よ「凍ってるね」と雪面を見る

宿り木も樹氷のごとく凍りゐて初滑りの常なる緊張

灰色のボンボン帽とゴーグルとオレンジの手袋今朝の装ひ

きみと滑る比婆連山の白き尾根尖れる雪面丁寧にゆく

鳥のやうに白き翼を背にもちて滑走してゆく冬の一日

「をとめごよ」

不思議な偶然のあることを知った冬

生誕百年ふしぎなご縁の重なりて、その冬雪は森にも降らざりき

暖冬のスキー場の一隅を照らして立ちし「をとめ子」の歌碑

バレンタインの奇跡のごとき新雪よゲレンデに祝ひし香川師の生誕

香川進生誕百年の冬　二〇一〇年二月

「をとめ子よさやかにぞあれ」と師のことば奇跡の冬に吾等出会ひき

二〇一三　晩春の日に

晩春の日に

コーヒーショップの窓より望める都市の庭　春夏秋冬統べて揃ひぬ

散りぎはの葉桜のころが何故か好き　筋向かひの庭は未だ裸木

都市の庭デザイナーの意思そのままに人々は歩き人々は憩ふ

「神戸珈琲物語」この珈琲館を好む訳　銀プレートのポット愛しく

広島市中区中心部にある紙屋町。平和記念公園も近い。

紙屋町県庁となりの欅木の伸びやかなること豊かなること

きみは風になりたる風情で舞ひ降りる一羽の鳥けやきの中程

春の庭に未だに残れるさくらばな日差しの中で犬の尾に降る

日章旗県旗とともにはためきぬ仲良く並びシンクロナイズド

冬の庭は百日紅とモニュメント夏愛さるる木蔭呼ぶ庭

君はひとり小一時間ほど冬枯れぬ道行くひとびと避けゐるやうに

晩秋に落葉せしまま街路樹は裸木のまま初夏を迎ふる

通りに立ちて別れがたき風情にて語らふ二人に頭上の鳥は…

並び並びてタクシー乗り場に陰の差し別れゆく二人手を振りもせず

この窓辺鳥の目のごと庭望め鳥のごとくに不思議感ずる

モニュメント午後四時過ぎて点灯す人々はみんなライン通りに行く

道を外れ自由に歩む二人有り亜麻色の髪の外つ国のひと

日本人と呼ばるる我らこれ程にラインに沿ひて生きてをるとは

自転車のライトを外す理由ありや後部反射板付けたる人なし

家族連れとひとり歩きの交差して幼子確かに少なきを知る

北大路魯山人（一八八三〜一九五九）広島そごう展

八階の魯山人展観し後でマイセンの花瓶買うてしまひぬ

魯山人その粋有るはフォルムなり我の目ひらく小さき酒杯よ

魯山人の絵付けまねびて品作りフォルムを見ぬ弟子あまた有るみる

百貨店はそのウインドウに本物の美を展示してフォルム讃へて

懐かしき野薔薇可憐な花瓶なり　少しく構図の甘きマイセン

マイセンの花瓶に生花を活けたしと初めて思はす「抜けたる構図」よ

最初の筆が少しく高く入りきや　蕾をひとつ略しける絵師

ウエイトレスの少女の声の響き入る「お冷やいれませうか」二十七首目に

夕かげに鳥の夫婦連れ立ちて欅の家にひらりと帰りぬ

冷たき水わがひとときの読点に、句点ではなく読点にせむ

妙慶院先代御母堂様

一七時一七分はよき時間　このひとときを下さるは彼のひと

午前中の吾のをりしは弔ひの読経と香気に満ちし本堂

その方にまみゆる時はわが転機初めて会ひし二十数年前も

凜としてすがしく歳を重ねゆき浄土の舟に乗り給ふひと

今日は何故か見ぬまま過ごす原爆ドーム坂上がるバスですれ違ひし時も

一九四五年〈昭和二十年〉八月六日の原爆被害の姿を遺す世界遺産とされた建築物。
ヤン・レツル設計の廣島県産業奨励館

古き日本の言ひ伝へありその日には献香一回ひとりのために

彼岸にて君を待ちゐるや遠き夏焦土に無くしし君が隻眼

立ち上がり庭に別れを告げしとき背後に低く夕闇のドーム

その夜更けＢＳ何故か放送す原爆投下の雲立つる一瞬

庭はひとの心に深く残るもの　混み合ふバスにて感ずる緑風

アーモンドの硝子の瞳に映る庭　テディベアの眠るボストンは軽やか

雨模様暮れなづむ街に走るバス　硝子の雨滴はひかり抱きて

街なかの個人の庭を公開する取り組み

オープンガーデン初夏には開園するといふ隣人の庭に伸ぶる薔薇の芽

四月半ば霰は雪に変はりゆき白椿も辛夷も痛みゆくや白色

白椿いそぎて摘みて籠に活け雪より護らむ僅かばかりを

わが庭のミヅキの花芽の開きゆく瞬きの間にしらゆき積もる

真冬のごと白く変はれる朝の庭さくらはなびら守れぬかなしみ

第一歌集『春夏秋冬〜テディベアものがたり』

白き歌集の装画に春のヴィニョーラを　硝子の瞳に映る春の日

ご幼少の頃の雅子妃をイメージしたシュタイフ日本限定テディベア

ベビーマサコうすべに色のベアの傍きみの言の葉置きたき夕べ

河野裕子歌集『蟬声』

これが師と巡り合ひたる一冊の歌集の見返し血の色のあか

＊

白き本の堅牢なること慕はしくご家族の愛の確かさを知る

二〇一四　いのち

人魚のひとみ

危篤の知らせに

澄み到る危篤のちちの瞳孔になみだ光れり人魚のごとく

良かつたと呟く父の笑みありて弓手を繋ぐひとときのあり

携帯をははにもたせしあの秋の贈り物にて繋がるわれら

ひとぎらひの血筋の修正なさざれば孤独は今日も変はらずに在り

魂の緒を孫と交歓せし故か夜のひとひとき父蘇る

舞姫

フィギュアスケーター浅田真央さん

父と共に病室に聴く「愛の夢」リストに想ふ氷上の舞姫

氷上にうすむらさきの影ありき彼女はあの日母と別れき

舞姫は激しき火星の人なればソチの辛さも飛翔の種に

一呼吸置く間も許さぬＣＤ音　国家は彼女を守り抜かざりき

舞姫が青き一羽の鳥となり氷上を飛び立ちし一瞬、忘るまじ

瑞兆

レシートの一一一一円は瑞兆と病みたる店員微笑みて言ふ

美しかりきその人細う細うなり久し振りでは問ふ術もなくて

爛漫の春を器に活け込みて窓辺に置かむ　白き病室

「誰」と問ひ、「おお」と思ひ出す父のこころの中のましろき木蓮

七階の喫茶室より見る夜景　今宵は何故か涙に滲んで

いのち

境内の古木を巡る挽歌

抜け殻は直径三寸程ありき。主は何処に、緑の蝸牛よ

アンモナイトの大き化石のごと見ゆる蝸牛の抜け殻よこたふ地面

銀鼠の雨は洞より降り込みぬ龍鱗の松の内なる樹皮へと

芯のなき老松の内の洞の壁蝸牛は静かに上がつて下りぬ

洞のうち闇に漏れくる秋の陽に貪るやうに眠れる蝸牛

いちひきの蝸牛ぬめぬめ老松の洞にて古りぬ幾百年も

雪はいま洞へと吹き込み積もりゆく積もれる雪に護らるる松

古き松の枯れゆく様を見る今も蝸牛の歩みを残す銀筋

青嵐吹き初むる午后かたつむり、角吹かれをりミヅキの幹に

幾百も幾千もの花ひらくミヅキの巨木のまとふ静謐

純白のはなびら君の肩に降り、遠く見知らぬ街角に降り

ハナミヅキ死者多ければ花多く弔ひのほむらを点す花かげ

霜に雪四月の花は耐へに耐へ奇跡の如くにひらく純白

花水木はじめて朱の実つけし年きみは生まれき風の九月よ

初孫を父はあたらしき家に抱き螢のぼうと舞ひゆきし山辺

皐月十日余り二日に父逝きぬ典雅なる微笑み父は残し給ひぬ

その雨に白き花びら散り敷いて父の棺は参道を来る

ハナミヅキの白きハートの花びらの幾百幾千舞ふ石畳

敷石にハートの花びら張り付きぬ小雨の通夜のアプリカシオン
装飾ガラスモチーフをアップリケの様にガラス器本体に接着する技法

雲間より光の束の届きゐて境内に散りし零れ松葉よ

老松の表皮の亀甲見事にて幾代もの人の触れ来し松なり

高砂の翁と媼の如くあれと老松の前に撮りし写し絵

父が弓手に握りしめたる瑠璃色のやさしき念珠は吾の形見に

如月の末に転院して来し父は、医療の「今」を吾に教へ給ひき

獣医にて僧侶の資格持つ父の最期の日々を吾は見つめき

＊

眠る父の見る夢なりや眼うらに浮かびし欅の大木の不運

欅と桜の大樹とコンクリート建築が一体となった、美しく音響の良い庄原市民会館大ホール。
オペラ、歌舞伎、文楽、各種一流コンサート、演劇を興行して来た。

指折りの大病院の増築に、隣接のホールの庭の木々伐られゆく

鋪道側ゆたかに伸びゆく欅木の伐採計画われに届きぬ

鳥のごと梢をかすめゆく風は芽吹きの時を待ちて囁く

この街の街路樹剪定する業者、枝を残さず〈でくの坊〉の列

枝のなきポプラ木は蔦這はすごと新芽つけをり五月の路上で

梢なき街路樹ばかりの街なかに夢のやうなる木々の一叢

なに故か懐かしき桜木も伐られゆき、この一画のみ緑残れり

田舎にして市街地なるは幸なれどアスファルトの広みばかりの午後

病みゆきて除痰のチューブに護られて父はいつしか老松となりき

老松の朽ちゆくすがたも父に似て、倒し難くて見守りてゐる

第二次世界大戦前にフランスが世界各国の著名人に作品とメッセージを依頼し収録したもの。
この年の春、私は、知人から譲り受けていた。

父とともに在ること嬉しかりし春の『世界平和』のラテン語の文字

母校での講演で帰省中の藤谷道夫氏と旧姓西田裕子さんと三人で

病む父を持つ友等二人と語りゐて七階喫茶は同窓会に

飲み物を奢らむと云はれ頼みしは、付き添ひの夜の味クリームコーヒー

甘き香りに切なき夜景浮かび来て会話途切れし火曜日の昼

昭和天皇崩御の年、庄原家畜衛生保健所長の時に、牛車ならば庄原の牛が利用予定と語っていた。

試験管とシャーレと獣医の夢うつつ日本一の和牛つくりし父よ

退職後、何故か父は獣医の仕事から離れてしまう。結果としての種の断絶を悲しんだのかも知れない。

比婆牛と神石牛の交配でひろしま牛は見事生まれき

老松の洞は自然のものではないと、突然気付いてしまう私。

職人の技より生まるるその至芸、老松の洞は人工のものと気付けり

ちさき松に針金さしこみ枝のばし幹の形を整へし職人

数え年で年齢を表記していた時代、お正月に揃って歳を重ねた為、年明けを誕生日として届けた。

辰年の師走に生まれし父なれど巳年の元日、誕生日なりき

老松の朽ちゆくままに亀甲の表皮は剝がれ、樹皮食む白蟻

白蟻の牙の敵はぬ内側の洞の表皮の堅牢なること

表皮が剝がれたとき、まるで大蛇の様な内側の洞の表皮が現れた。

境内の老松は龍、脱皮して、すがた顕す裡なる大蛇

＊

江戸半ば松職人は洞造り、枯れゆく時まで仕掛け残しけり

むらさき〈藤蔓〉

藤蔓のむらさき合歓を覆ひゐて五月の谷は仮面付けをり

巻き付くる相手の木々が死なぬやう蔓の塩梅絶妙に見ゆ

藤の名の由来は〈不死〉にあるごとく山いちめんに拡がるむらさき

君とともに平家トンネル抜けて来て新緑の真中の出湯訪ねき

頭上には桜の青葉ひろがりてしんと静もる真昼の岩湯

二〇一五　東から西に

東から西に

東から西に天空横切りて白き機影は航跡紡ぐ

大松の枯れて広がる空間に深く蒼き宇宙が覗く

白きジェット二本の帯はながくながく蒼穹の果てまでつづくごと見ゆ

東では降雪と聞く花祭り西では斯くも深きあをぞら

釈尊の生誕祝ふ大地には椿の花の紅白の帯

あをぞらはひかりを満たす器なり　ひとつのいのちにひとつのひかり

いろ淡き「藤木桜」と添ふやうに薄くれなゐのさくら花散る

樹齢三百年のエドヒガンザクラ　県内四位の桜の巨木

桜花散りしきる野辺をあとにして煉瓦の小路に和スミレ見つく

ヴィオレッタ菫の名を持つそのひとの優しき声を照らす太陽（ソレイユ）

日輪はビルの背後に傾いて残照のなか消ゆる機影よ

*

きみは歌ふ凱旋のうたを勇者達に白き蓮華とローリエ散らして

二〇一五年、市内合唱団と市民有志の『アイーダ』の大合唱に参加して

イタリア語の歌詞の哀しみ聴こえ来て民衆の一角を埋めてみむとす

ヴェローナのコロッセオにも『アイーダ』民衆は彼女の苦悩を知らざりき

バルセロナの勇者揃ひし競技場にも高らに響きし凱旋行進曲

サッカーと凱旋行進曲の縁は深い。

小旗振り笑顔で席に向かふのは外つ国の女神かゲームは始まる

懐かしきスペイン広場の階段にて「ジェラート禁止」とオードリーは言ふ

大好きな飛行機に乗れば、安心しきっていた私だった…

爆睡の往きのフライト意識の無くて「悪しき気流」と隣席に聞く

ローマにて花嫁を見きコロッセオの傍の門過ぐ白きベールよ

八月の半ばを過ぎしあしたには「真実の口」にも小さき緊張

フットボール愛するタクシー運転手はルームミラーにパルマの毛虫を

*

うつくしき管弦うたに詠んでみむ　春の木蔭の淡きひかりに

オーケストラなる音の宮殿おとなはむ新ホールは花々に満ちて

かつて聴きしオーケストラは色褪せて佐渡氏のタクトは宮殿描く

木漏れ日の揺るるきざはし上り来てバロックの天使像描くゲートよ

飴色のセロの紡げるフロアーはシェーンブルクのマホガニィーの床

白き壁いちめん埋めゐるフレスコ画きみの傍ら紅色のティンパニィ

ヴィオロンの弦鳴りの音ゆかしくて溜め息のやうなる爪弾き揃ふ

演奏者の背後にひろがるウィーンよ鮮やかなりき君は旅立つ

佐渡裕氏の渡欧直前の記念コンサート

在り難きS席13列3番に至福のときを委ねをる今

まるでウィーンのホールを飾るはなばなバルコニー席の手摺りにも充ちて

鏡のごとかつきり空は水に沿ひ亀裂ひとすぢ小鮒の遊泳

海洋を漂ふ汚染は目に見えず悪しき夢なり　祖父のピー缶

煙草ケースにただ一本を残しをる青きピースの箱もつ歌人

薔薇の画像白黒なれど深紅なり　言葉を選びし朝の移り香

裏座敷　青き竹林深くして風の夜には龍頭あまた

病とは如何なるものぞ問ふ我の内側過ぎてこだまする声

〈木に蔦が巻き付きようるけど大丈夫?〉その一言こそすべての始まり

土塀には西洋かづらの伸びゆきて塀際の木々は絡め取られぬ

藤蔓の「共生」とは異なりて西洋かづらは木々を枯らしぬ

何故か公園の目立たぬ樹木の根元にてかづら茂らす「都市計画」ありて

平和公園原爆ドームの川べりに繁茂する蔦　大き葉を持つ

水のにほひ土のにほひの激しさに、山も動くやと怯えし朝ありき

落雷と車軸の如く太き雨波立つやうに変はらずにあり

二時間に三百ミリの豪雨降り、幾万の人々鎖されし山裾

二〇一四年八月二十日未明のこと

〈土砂災害警戒情報〉なる知らせ市民に届かざりし其の夏の謎

＊

雨音の止みたるあかつき雪山に急げスキーヤー春は隣りに

寒中に春思はする雨の降り暁のゲレンデつとに気がかり

「春暁」と書にしたためて眠りゐるきみの枕辺花で満たさむ

庭の古木守り難くて枯らしをり仔犬も老ゆる十とせの暁

つとめての清しき大気を深く吸ひ君は一気に滑り降りたり

五月の琵琶湖

五月二十五日祖父の命日に…

風のなき五月のあした水深き琵琶湖に昇る金の日輪

滑らかな湖面に映るひとすぢの日の出の影は大筆で描く

〈地中海全国大会〉会場の琵琶湖ホテルの窓辺の語らひ

白き帆の遠くかがやき海洋の如くに広き真昼の琵琶湖

紅白の鯨幕なる朱の消えて白一色の婚礼の花

地中海にて

九月の其の日から

漆黒の波間漂ひギリシャまで渡り着きたる難民ボートよ

シリアよりの難民家族は五千キロを徒歩にて地中海に到れりと言ふ

三十万人の難民受け入れしギリシャの島よ　墓守人は幼子を葬る

シルクロード歴史の道は難民ロードに　変へたるは誰　其の深き罪

ギリシャより入りたる人々東欧経て遠きドイツを目指さむとする

ドレスデンの薔薇の紅茶はイスラムのショールの君を温めむことを

美しき南ドイツの薔薇の実よ　砂漠の民にも平和の秋を

祝賀

敬老祝賀会の為九月十三日に白き花にピンクのリボンを添へて短冊に書き付け
コンクリート壁面に貼りしもの

〈うつくしき老いを迎ふる日のありて祝賀の声を今の命に〉

二〇一六　蟬時雨〜ヒロシマへ

蟬時雨～ヒロシマへ

最近の君つくりこみすぎてる　自然を詠めよと夫のひとこと

無関心よそほひつつも吾が歌をきみは見守りみちしるべくるる

初心にかへり一首一首を大切に　大樹揺らすほどの蟬時雨の夏に

満天の星を消し去るリノリウム背の高きオレンジの灯りよ

きみはこの樹の下にななとせを生き、　七日後仰向く空蟬のそばに

一樹にあふるるほどのアブラゼミ黒き体に茶色の堅き羽

ヒロシマでは今はこの蟬を見かけぬと、アブラゼミ見て客つぶやきぬ

一冊の深緑の歌集ありて　通奏低音途切れしや無音で…

ヒロシマの炎天に在りし深き静寂…　蟬も死に絶え影も燃え尽きて

瓦礫の原、流れ行く河、真中に肉親在りしこと認め難くて

惑ひ、歎き、或いは待ち焦がれて、闇の中に倒れ臥すひとびと

過去なのか現在なのか未来なのか線引き出来ず歩みきドーム傍を

川柳芽吹きかはかぜに揺れし四月　外相たちは歩みき原爆ドーム目指して

公園の真中あゆみ行くときに瓦礫の街の扉ぞ開くや

遺品なるもの闇にあり　微笑みて別れし君の傍にあるもの

父の死後被爆伝承こころざし、娘は知りぬ。〈語り部〉の英訳

エイボンブ・レガシーサクセサー〈被爆体験伝承者〉ことばの間の其の深き淵

木々に蔦を絡め続くる人のゐて真昼間都会の森を移動す

ヘンゼルとグレーテルの目印のごと意図的に、野蔦は老木の幹に絡まる

公園の筋向かひに立つヒマラヤ杉の太き幹には押しピンと蔦

結婚前の二人に父は語りき　八月六日の別れのことを

父はその日帰らぬ妹を捜して廃墟の夕べをさまよひ歩みけり

建物疎開なる動員作業の真中で焼かれ深手負ひし少年少女あまた

橋近く溺死の人々余りに多くて十六才の父は妹を捜し難くて

妹を知る少女の声ひびき、兄は原子野の真中を離れ難くて

父と祖父の深き軋轢そこにありき。されど父は看取りの夜を択びき

ただひとり看取りの夜を択びし父を僧侶に向かはせし発願

一夜にして一生分の葬儀式為しけりや父よ原子野の果て

末期の父の見せ給ひし微笑みは看取りける少女の迎へ給ひきとぞ思ふ

〈ダフニスとクロエ〉の優しきミモザ色満ちて　微かなるむらさき漂ひし幸せ

整備など進まなくとも良しとする、死者たちの場所は変はらずにあれ

小雨のなか見慣れぬ熊蜂の再来に、昆虫ドローンかもと君は語りき

寂るること悲しみにあらねど修復のとき待たるる現実と作業

小さきハートを指でつくり、別れなど言ふ母の食欲頼もしくて

父と母ふしぎなる思ひで繋がりしふたりのことはふたりにしか分からぬ

防空頭巾を肩にかけて元気に出掛けて行きし妹と焦土ではぐれてしまひし兄よ

いくつかの幸ひありて父の妹、両親の手で荼毘に付されけり

されど父は六十数年散華やめざりき　ドームの見ゆる橋の傍にて

廣島なるデルタ地帯の街中に隠れん坊の声は響きて

平和公園の楠の下やすみをれば関西弁のかくれん坊の声

まういいかい、　まあだだよ　樹下に遊ぶは祖母と孫らし

時は止まり砂時計は虚しうて　真夜までに七万人の死に給ひけりや八月六日

日没し原子野のただなかにて看取り続けし父よ、十六才の父よ

一人も七万人も同じなりと七万倍の死の残酷など露知らずに語る現代人

橋のたもとイタリア風のカフェのあり異人達の語らふ交差点のごと見ゆ

テラス席にジャスミンの香り漂ひて二度目に気付く厨房奥の慰霊碑

モエの香にほろ酔ひ吾は川を見き　うつくしき橋のたもとに魂揺れゐて

公園は不思議なる場所死者生者、同じ時間を共有してをり

*

古き山門の石のひび割れ咲く花は、ドクダミ菫ゴギヤウ仏の座

コンクリート打ち直さむと話しをれば、百足あらはる空蟬の傍

ウドの葉の…　（二〇一一年夏に）

ウドの葉の影かんぎりと深き朝　鐘楼に立ちて誓ひしことあり

八時十五分黙禱の間につく鐘よ　早鐘にならぬやう邪魔をせぬやう

原爆をひとの頭上に放ちけるひとらの映像に迷ひは無かりき

「エノラ・ゲイは愛する母の名前なり」兵士は歌ひて機材積みをりて

齢わづか十二歳にして炎天に消えし少女の消息は無くて

二〇一三〜二〇一五　子どもたちと

子どもたちと

朝霧の谷間をよぎる高速道　真中に半眼に見えし日輪

青空と砂場を背にして写生会　まるでジェリーがいっぱいの午後

白き画用紙　子等の見つくる構図にはアップとルーズが交差してゐる

光る風　久方ぶりにペン持ちて秋の梢をスケッチしてをり

ハロウィンの日は微笑みに満ちてゐてパソコン室の熱気も真摯

山霧

山霧の晴れゆく時間に君想ふ　稜線を一瞬照らすあさかげ

あさもやは真すぐに昇りて消えゆくと無風の谷あひ横切りて知る

広葉樹やまいちめんに散りゆくを一陣の風の真中より見き

風と霧凍てつく路面を走り抜け高台の学舎の門扉くぐりぬ

『星の王子さま』サン・テグジュペリの幻は学舎まるごと劇場に変へて

主役たち

文化祭の動と静との一瞬に俳句詠みをり今日神無月

劇の小道具ひとつひとつも主役なり　三人寄れば文殊の出来映え

水色のベンチ造りし少年に見事さ褒めれば、劇を褒めよと

文化祭前日までの飾り付け　俳句の短冊百八枚に

教室から体育館への廊下には溢るるファンタジー一日限りの

かばん

君のかばんの二体のテディは廊下にて主の試験の終はるを待ちをり

廊下にはひとりひとりの日常と決意の詰まるかばんが並ぶ

試験中日　霜月末の受験生の不安と自信はきらきらとして

赤のタータン・チェックの君の立ちてゐる初霜の校庭に映ゆる黄葉

「アナ雪」の少女と面影似るきみの彫りの深さにふとほほ笑みぬ

二〇一三〜二〇一六　白と藍

夏の影

うすぎぬの向かうに揺るる夏の影ひらりと風の舞ひ降るる午後

懐かしき友の笑顔とシャンソンとカトラリーの音響く厨房

ヒメヂヨヲンの優しき白を花籠にきみの訪ね来し第三日曜日

野辺の花よ　君に会ひに来たるに草刈りの機械の行き過ぎし後なり

上空にはや入道の湧きたちて余りにさやけき早苗のみどりよ

白と藍

薩摩切子の鋭き刃跡の凍りゐて留まるひかり藍は映ずる

白き机に切子ガラスの藍の散り歌稿数枚重みは守りて

風の道ますぐに辿り窓辺にて小さき蟻の隊列に遭ふ
その秋の翳りの中に置きし壺まだらなる影びいどろがらすの
胸のうちに突き上ぐるごと繊細な切子細工の熱き手跡よ

ダフニスとクロエ

早春のミモザは画面一杯に「ダフニスとクロエ」の舞台描きし画家

生死の端境にある僅かなる紫、安らかなる微笑は永遠の黄色に溶けて

句点と読点、一首に詠み込む作法に、今日の私は少し慣れゆく

初夏の午后、父を失ひき。先人はみな斯くも哀しく在りしか

ハナミヅキ散華の如く降り注ぎ一夜で梢は深きみどりに

ゴッホのため息

オルセーの通路遮る「地獄門」にロダンの煩悩その深き陰よ

マロニエの葉蔭にふたり船を待つアンネ・フランクの古書眺めつつ

地下鉄の駅は音楽堂前にして流るる人波スローモーション

丸く束ねブーケに組まれし向日葵にゴッホのため息などと名付けき

麦藁帽子あまた吊るして販売中の田園の真中の作業服店

山の湯

横たはる大き女の二人居てサウナルームの席は満ちをり

「七才は嫌ね」六つの少女は語りかく　丸き湯舟の母の膝にて

泡湯にて白き波間を漂ひてアンデルセンの少女と眼の合ふ

欅木の梢のさざめき近くして　月に惹かれし霜月はじめ

君の名の一文字懐かし　ふるさとの歌会始めの昨日今日明日

雪の森

セーブルの深き藍いろ空に在り、日輪縁取る雪雲妖し

真昼なれど空に漂ふ茜いろ白銀の森の言葉はきれぎれ

ゲレンデのリフトの脇の太き杉は、切り株となり雪に埋もるる

森の木の別れの声を聴きし暮れ香川師の歌碑も雪に隠るる

降りしきる雨は雪へと変はりゆき梢も道も真白き新年

森の木々から

全政寺様御令室芙蓉院様とのお別れに

冬の日にみまかられし貴女へと木々の梢の枝鳴り哀し

空碧き暮れの真昼間、かの木々のつぶやき解せぬ吾の愚かさ

お見舞ひの林檎を車に積みしまま優しき人と永久の別れに

芙蓉のごと優しくたをやかなりしひとの微笑みひとひら掌に受く

ふたなのか明けて登りし雪山に樹氷を照らす朝日の清らさ

SAKURA

愛犬権風と桜

咲き初めのさくら一輪陽光に熔けゆくやうに風に揺れをり

無数なる淡き紅色ふくらみてさくらの向かうの空昏さ増す

春の花　連翹こぶし白椿　仔犬の墓に手折りて供ふ

愛犬は十七歳で春に逝く　仔犬と呼ぶのは此の子のみなり

SAKURAなる小さきテディのシリアルの二二〇は仔犬の命日

桜葉に

桜葉に黄葉の混じり入る残暑　若白髪のやうに秋が始まる

落雷も露店の火事も避け難く夏の夜祭「死」を内包す

幼き日の花火の音の確かさよ「美」は今よりも健やかなりき

天空に広がる花火の華やぎと、くづほれ消ゆる先の暗闇

雨垂れを見つつ太鼓に向かふ君　パレード前には雨も止むらむ

冷夏

水辺には冷夏の気配漂ひて立ち枯れの桜木いくほんか見ゆ

桜葉の薄き一枚虫喰ひで葉の無き梢の気になるあした

咲かぬ薔薇下草を取り虫を取りつぼみの増えて安堵する昼

琵琶型の大きみづうみ守りたく大飯の火の炉閉づるを願ふ

君は今日もみづべの木蔭に車止め短きうたを一首詠み置く

それでもきみは

ＬＥＤなる光は罠を顕にし蜘蛛去りし巣には綿毛が揺るる

落日は雲の横縞染め抜いてシチリアオレンジの赤は斑に

ゴディバのリーフ柄なるチョコ恋し。詰合せ一箱買うてしまひぬ

白き暖簾の麻にみどりは映えゆきて浴衣のきみは風の真中に

梢を伐られ柳のやうなる欅木よ。それでもきみは風に歌ひぬ

アマトリーチェの八月

二〇一六年イタリア中部地震

崩れ落ちし家屋に残る愛らしき出窓かなしきアマトリーチェ地震

うつくしきイタリア中部を襲ひし地震オリーブの樹は瓦礫に立ちて

＊

あたらしき砂の上なる仮設テント　命を守るデザインなりき

満ちて溢るる

グローリアと名付けられたる透明のグラスに満ちて溢るる哀しみ

両親の愛した広島カープ優勝の年の記念バカラグラス

赤き色の傑出したる一年の終はりに君とバカラの器

父母の金と黒との位牌あり正月五日は不意に暮れたり

レオナール藤田の描く修道女に見紛ふやうなる母の死顔

写し絵にははの微笑みわれとあり幼き吾と臨月の母

二〇一七　シダーローズ

シダーローズ

ヒマラヤ杉は、杉ではなく、松だったなんて…

「シダーローズ」ヒマラヤ杉の木の下に不思議なる薔薇見つけし夏よ

命日と誕生日、喜び悲しみ行き交うて、秋に

松かさと木立に響くシューマンと些細な軋みに戻れぬ我と

スイスより戻りて演奏するひとの白き指先　木蔭のピアノ

木蔭にて調律師に聞く「ピアノの秘密」ハンマーも弦も被爆せしまま

ステージで共に唱ひし「ミサコ」の同輩「カズコのピアノ」がドームの前に

確かにピアノは私を呼ぶやうだ　初めは偶然されど必然

コーチにて出会ひし「薔薇のディンキー」肩に掛けつつ聴くレクイエム

スチュアート・ヴィヴァース氏デザインの名作

公園の「被爆菩提樹」懸命に猛暑の中に葉をひらきをり

その施設　利用者家族の凛々しくて「憲吉の一席」に入りける君、九十四歳

伝承と福祉問題見るうちに「古き記憶」の確かさに会ふ

一昨日の偏頭痛は激しくて、今生きをること何故か不思議で

八月末　戦没者慰霊の日になりて懐かしき人々声掛けてくれをり

慰霊式　御霊に献花する時は数珠指に掛け掌合はさむ

慰霊祭の白き角柱前にして合掌避くるスタイルは不思議

いま一隻の船のすがたを感じをり　群るるでもなく貫き通さむ

陽射し避けて派手な雨傘さしをれば駐車場まで貫き通さむ

かつてありて今はなきもの　悠然と子等を守りし大樹のすがた

卒業式　ヒマラヤ杉に見守られ再会誓ひし夢は何処へ

「岸さんが伐るなと言つたから桜を一本残したんだ」喧噪の中で友言ふ

君のやうな人が百人も二百人も居て日本は守られてゐる

平和公園の被爆菩提樹のほど近くネール首相のヒマラヤ杉ありて

「シダーローズ」松ぼつくりの薔薇の花　足元にありて拾うて帰りぬ

植物もどうやら意志を持つと知る　欅も、梅も、ヒマヤラ杉も

愛しき人を失ひ籠る冬　突然に「ドールハウス」飾りて

ドールハウスの小さき椅子には小さきベア　箱庭の中の「春夏秋冬」

病状の急変の知らせ夕方で母の声なむ風に聴こえし

「あつちやん早う来て」右耳に声はあり高速バスに吾は急ぎき

母の目にきつと私は見えてゐて車窓の雫はますぐに落つる

七重八重十重廿重にもかさなりて管理者異なる「電流」は行く

見えぬもの聞こえぬものの存在にひとみを凝らし耳をそばだて

一枚のただ一枚の「短歌誌の写真」のなかの哀れな電柱

やはりさうだ　リノベーションも新築も街角に立つ「あなた」が護る

今の日本で生き残ることの難しさ　この危ふさの回避あるのみ

＊

海のにほひ「海岸通」の駅名がこころ解きゆく元宇品口

足指にからまる砂の記憶には家族と過ごしし海の家在り

白熱の電灯嫌ひし幼き日　年子の妹激しく泣きて

鼻風邪に苦しむひとひ吾にあり「未就学児ランナー」の置き土産もらつて

恒例の運動会の「恒例」に泣きゐし君は、苦しかりしか

＊

言の葉は古都の葉蔭に揺れをりて「縁起の法則」見事な仕掛け

一陣の風は京まで届きぬや　野薔薇、無花果、古門を抜けて

そのむかし寺庭婦人会発足の役員のころの祖母の足跡

まぼろしは五十年前の祖母の手に「抱き茗荷」の袈裟と野薔薇揺れをり

広島の山寺守る主婦にして最初の一歩を踏み締めし祖母よ

彼女にはふしぎな才能ひとつあり小さき挿し木を自在に為しぬ

旅先で挿し芽ひとつを持ち帰り土地に根付かす不思議なちから

いつ知れず庭より消えし其の野薔薇、そのルーツは東山にありき

この背戸で花芽見つけし祖母のゐて数十年後に、同じ花見る

花ヌスビト、子ヌスビトの祖母なりき　されどそれ故吾はそだつや

合唱を再開して三とせめに「いのちの理由《わけ》」の楽譜が届く

声を届けん

大き声にて朗らに歌へる秋の日に金の銀杏木どつしりと立つ

銀杏の葉きみは拾ひて陽に翳す　透け得ぬ葉なり思はぬおもみ

はははタべうたた寝しをる吾がそばに訪ね来しらしハロウィン前夜

ニューヨークのテロの日祖母の命日でハロウィンははの命日となる

西洋と東洋の分断されをらば意味持たぬ一致に誰が気付くや

チャトは、しっぽの短い、とても勇敢な猫だった。

むらさきの野菊の蔭で茶の猫はこぼるる光を瞳に受くる

久々にハナミヅキの葉を赤く染め千の雫を零しゆく風

霜月の旅

教員の仕事をしつつ、十五年間も続けて来た民生委員・児童委員。

四十代前半からでキャリアは長いが、いつまでたつても、一番若い

「この度は社会福祉部の担当」と承りしは、旅行の幹事

さて如何に薬師寺食堂《じきだう》、　宇治平等院、　琵琶湖の夕日に知恩院三門

水無月の初めにホテルを予約してコンテンポラリーフレンチ依頼す

今回はわたくし流の修学旅行　阿弥陀さまと授産施設尋ね

薬師寺の平山画伯の壁画には雲のやうなる氷河が光る

巨大なる知恩院三門前にして石のきざはし駆け上がる君

境内のミヅキの紅葉美しく授産施設の人々美し

ボランティア　（二〇一八年九月）

楽し気に微笑み歌ふ皆を見て企画に感ずる確かなやり甲斐

司会の全て手放してでも歌ふことを昨日のわたしは選んだやうだ

二十五周年を大ホールにて歌ふ夢ささやかなれど叶へむとして

祝賀会のステージに立つ合唱団に九十歳の歌姫もゐて

両親や亡き叔母と同じ齢なれど確かなる音、伸びやかな声

緞帳の上がるにつれて佳き香り立ちのぼるはず遠きふるさと

敬老祝賀会のボランティアをして十四年弱音を吐きつつ守らむとする

二〇一八　型板硝子

権風とチャト

鐘つき堂の主《あるじ》でありし老犬は愛らしき魂ひとびとを癒しき

静かにして見事なるきみの最期なりき吾子に撫でられその腕のなかに眠る

チャトはゴンの旅立ちしことを見ぬままに鐘つき堂にて帰り待ちをりき

あれから二年茶色の猫も旅立ちぬ鼻腫るる病で眠り入るやうに

チャトと呼べば小さな耳のぴくりと動き、声は届くと固く信じき

型板硝子

型押しの硝子の渦巻き辿る如さみどりの藤は窓に絡まる

ふぢの葉の少しく傾げる様態をガレは硝子の器に刻めり

古きよき時代の匂ひを逆光に透過させゆく此のガラス窓

型板硝子の半透明の向かう側ヤモリの指は、 綺麗な五本

十字路のちひさな二階建ては消え歩道になると人は言ふなり

「歌は下手なの」電話口にて言ふ貴女。美しき叙事詩を歌もて詠み給ふ人

先輩のうたの背後の歴史の重み。隠れキリシタンの記録の確かさ

吾もまた伝承を裡に持つ詠み手。「歌は下手」となむ胸を張りたし

ものがたり編みて五年の時重ね、歌枕は大きく様変はりする
テディベアオブウィットニーの赤き熊　アルは旅立つあたらしき館に
桜の園にゆかしく佇みし松澗亭も崩され広き駐車場ひとつ

マスコミで生きをる友の語りたる一冊の歌集に、朱き鳥居も

あんなにも自然に歌集一冊を巡りて友と訣別するとは

自然光の陰りの中にのみ住まふ破片のやうなるいのちの守宮

かたつむりの親が産みしは蔓薔薇の小暗き花かげ子等は透けゆく

午後よりは驟雨にならむと予報あり小さきいのちは高みを目指す

静かなる君の持ちたる才能も尋常ならざるものと不意に気付けり

音楽と文学そして庭作り全てを選びて三年寝太郎

歴史には紫陽花を捨て薔薇選ぶ蝸牛のやうなる群れざるものあり

群れぬまま否群れたる振りを少しして、機嫌よく明るく生くる道さがす

先の大戦逝きし人の傍らに「奥の細道」辿りしひと在り

片仮名で書く真実かメンタルヘルス今だからこそ明るく生きよと

本当に記憶力良きひとびとは苦楽の両方、覚えゐるもの

楽しき記憶ただひとつでも勝るなら今日も微笑み吾も歩まむ

つばひろの夏の帽子を被る日に丈高き芭蕉に大きはな咲く

出かけんと海蛇皮のヒール履けば庭の茶の蛇、微動だにせず

シダーローズと呼ばれる美しい松毬

すべらかな枝にて、君はわがうへに「杉ぼつくり」ひとつ落しぬ

植物が我に語りしそのことば無きものにせむとする樹木医は誰？

きみの細き梢に宿る「自由」ひとつ、刈り取らば安堵と思ひをるらし

植物の姿と老いびと重なりぬ語らぬのではない語らせぬのだ

梶野純子監督『超自然の大地』

超自然の大地はありぬ。君は知る汚染にあひて汚されぬものを

魂の交感をせしふたりなら闇のなかにも見ゆる道あり

時間なる不可思議の壺賜りてにんげんの道探らむとする人間

年取りて時の経つのが速いのは何も学ばず時過ごしをるゆゑ？

なんのこつちやわけわからへんと投げ出して一日三つ以上は何かしてみむとす

ｂｌｏｇ書く短歌を詠みて旅をする　これまでは一日一つで過ぐし来し吾

比婆山連山望むるゲレンデ上るとき、龍のかたちの雲のたなびく

雪雲を貫き流るる龍型の雲は金色の玉をくはへて

龍雲の首なる玉をつつみたる薄紙ほどけばあらはる　日輪

凍れる二月氷の器に鎖されて、黙して過ごす時もまたあり

沼池は春を浮かべて静もれり浅き夢見じ白きはなびら

若き日の祖父が神田で手に入れし西洋蔓の悪しき伝説

あさやけの谷の真中にさく花の真白さ際立つ一瞬のあり

バリー・コスキー演出モーツァルトの歌芝居「魔笛」は響く広島の春に

ベルリンに行かずともベルリンよりコーミッシェ・オーパーの翼届きぬ

オリジナルの深紅の幕と歌ひ手のいのちの輝き、ひかりの器に

精緻なるプロジェクションマッピングは光の器。生身を鎖す一面もあり

左袖のチェンバロのみがあるがまま一九二七年風「無声映画」演ずる

*

一九九八年北米限定ルーズベルトとカブ

二十年前ニューヨークにて買ひそびれしシュタイフのテディに出会ふ雨の日

広島交響楽団定期演奏会、被爆ピアノは結局、未演奏。
五月二十五日祖父の年忌のそのあとで、ゲランの香りとバーンスタイン聴く

語り継ぐ

三年間の研修を終え、四月から被爆体験伝承者として話すことに…

六月十二日なる不思議子どもたちの尊きちからに助けられし日

身のうちに新たなる力感じつつ青きワンピース纏つて居たり

伝承の部屋の照明暗きままPC立ち上ぐる数分間のトラブル

トンネルのやうなる暗がり抜けし後、ひとりのひとに心込め語りき

平和記念資料館に外つ国の人溢れ日本語はいま試されてゐる

講話のなかほど子どもたち入り始め、四十五席は埋まつてしまひき

「あなたの気持ちが通じたのでせう」見守りびとの温かき言葉よ

突き詰めもせず

縁あつて紙屋町にて出会ふひと働くひとに学ぶひとなど

被爆の実相、 或いは歴史のことなどを伝ふる術には二方向ありき

悲惨さを伝へむとして為す強調と、どこか象徴化する省略があり

夜明けて何年かぶりに慰霊のための鐘を鳴らせず、黙禱のみする

八月六日激しく長きサイレンに、一分間の黙禱重ねき

摂氏二十八度華氏なら八十六度のこの朝に、八月六日の式典はあり
温度の尺度がこれ程違ふことなども突き詰めもせずに戦後七十三年

かつて在りて

かつて在りて今はなきもの木蓮のはなの天蓋みどりの芭蕉

大松の木蔭に黒き愛しき猫　花牡丹のむかうにセピアの人影

ちひさき庭ふるき庭の一画の激しき変遷「未来」を伝ふや

隣接の高き建物地に深く水脈変はりて木々は枯るるや

午後四時の陽だまり永久に続かむと信じてまどろみき猫と我らは

安楽庵策伝上人

むかしむかし夜空の星を竹竿で落とさむとせし少年ありけり

少年は法話で語られいつ知らず「落語」となりて、今も生きをり

山櫻うつくしく水清き亀尾の御山に、吾子は招かれ

安楽庵策伝上人の開山の法灯守るご縁の尊さ

二十四世上人の尊き英知と優しさを受け継いで欲し、秋晴れの日

少年は大人になりぬ　五色なる仏旗かがやく晋山の式

行列と開門式と堂内の挨拶の読経、タブレットにおさめて

この冬に

ハナミヅキの赤き実あまた落果して、雨の少なさ木々は知るらし

悲しみの日は突然の雨になり、夫人を遺して旅立ちし方あり

写真家でもありし僧侶のセルフポートレート　凛々しき眼差し冬の日に揺れ

三次町・常運寺様

君の描く「被爆マリア」の両眼の底方《そこひ》に静もるかなしみの淵

長崎・浦上天主堂のマリア像の絵に

広島城の四百二十年を記念して復活の樹木を照らさむ　光の帯で

瀬戸田の秋、法然上人のお木像を御本尊とする大法要ありき

瀬戸内の海を望めるイタリアの白き石庭、吾子と訪ねし

エアーポケットの様なる雨の木曜日に独り占めするひろしま美術館

美術館のエリア近くのアリーナにＮＨＫ杯の天幕ありき

アールグレイの香り纏ひて旧友と再会果たせり「歌曲のひととき」

この冬に、向日葵の黄は蘇り、陛下の御歌に種は芽生えたり

エピローグ　二〇二〇　きみの複葉機〈五月三十一日の物語〉

きみの複葉機

〈五月三十一日の物語〉

無理を言ひ描き直してもらひしは、花のドゥオモの楕円の油彩
きみの描くななないろの雲の間を自由に飛び行く複葉機ひかる

されど何故か包みをひもとく気になれず、愛する絵画を箱より出さず
待ち焦がれしフィレンツェからの絵画の便り、開かぬ我の小さな変化
ボーイング７７７の時代には愛する翼で世界を巡りき

オール電化、翼にエンジンひとつだけの787と馬合はぬ我

そんな吾も惹かれし百年前の旅アルトゥーロ・フェラリンの複葉機の旅

カヴァレリア・ルスティカーナ黎明の中聴こえ来て、フェラリンは飛ぶ川筋に沿ひて

ローマ発ちけるは復活祭前の二月　アラブ砂漠東南アジアの森を越えて到りき

五月三十一日百年前のその日には、ただ一機となりてフェラリン着きけり

広島県北の三次市、庄原市近郊を飛行

五月三十日には、三次の上空飛びけるフェラリン。監視員は視て、打電送りけり

五月三十一日は、短歌賞の締切だった。

この六年まだ見ぬ人への恋文のごと五十首一連の投函続けし記念日

ひとひとりの一生の中の数年のはかなさに共有せし日付は、あまた

打電と速達、百年の切れ目を越えて響き合ひしか五月三十一日

三次過ぎて大阪までの旅程は知らず。高度四十メートル保ちて、東京代々木に

ローマを発ちし十一機のうち日本に辿り着きしはフェラリン機のみ

百年前のいのち知らずの冒険を日伊の両国、厚く支へけり

日伊の歴史ロザリオと念珠の歴史永ければ昭和平成深まりて行く

三次庄原さくら咲く地より選ばれし三人の国費留学生の学びしフィレンツェ

熊本正義（油彩）、藤谷道夫（ダンテ研究）、道原聡（フレスコ画）の三氏

熊本、藤谷、道原の名も顔も声も忘るまじとて、一首に詠み込みし日

三人が時を越えて集ひし場所に今でも古き山門のあり

行寿山栄松院西明寺

葉桜の季節を過ぎて五月末パイロットテディと飛ばむ中天

不沈のドーリーベアにMMのコートを

東から西へと飛びゆく一機にはテディベアコートのドーリー乗せて

あとがき

二〇一三年春、行きつけの珈琲館「神戸珈琲物語」の美しい窓辺から、のびやかな欅の木々を眺め過ごすうちに、突然、五十首一連を詠んでしまったことがありました。

その日は、お世話になった方のご葬儀があって広島市内に居たのですが、晩春の街の姿は、わたくしにいろいろなことを教えてくれたのでした。

この一連「晩春の日に」の最後には、第一歌集『春夏秋冬～テディベアものがたり』の装幀で、表紙と扉に全く同じ素材をつかわせていただいた憧れの歌人、河野裕子先生の最終歌集『蟬声』へのオマージュとしての二首を置かせていただきました。そして、このとき、この不意に出来た「五十首一連」のことをとても気に入ってしまった私は、短歌賞に応募してみたいと、版元をしてくださった青磁社の永田淳さんにご相談したことがありました。

永田さんからは「五十首詠めたから出すなんて、そんな簡単なものではないですよ」と、お言葉をいただいたのを覚えています。

「みんなその三倍は詠んでいる。締め切りギリギリまで推敲している」とも。

それ以来、毎年五月末には、この短歌賞に応募するため五十首一連をまとめる私がおり、五月三十一日に「速達」を出すわたくしがおりました。

それは、結果として、足掛け六年に及ぶ「長編作品」づくりの基礎となり、全体としては、「過去の時代へのタイムスリップのような旅」となったのでした。

最初の『テディベアものがたり』は、現代の旅をくまちゃんと一緒にするものだったのですが、『テディベアものがたりⅡ』は、内側への旅、過去の時間への旅となったのです。

この六年の間に、わたくしは父と母や大切な友人を亡くし、広島の両親の家は無事でしたが、近くで未曾有の大水害が起きたり、大切な欅や松、柳、桜、薔薇などの樹木を失ったり、愛するペットたちを亡くしました。

まるで挽歌を詠み続けるためにあったかの様な六年間の中で、父の死をきっかけに、広島市の「被爆体験伝承者養成研修」に応募しました。伝承者を目指して、被爆者の方のお話を平和記念公園に通いつめて聴き、慰霊の碑を巡り、原稿にまとめようとした自分がおりました。思えば、弔いと自らのこころの整理のための日々だったのだと思います。

結果、父と同じ様に妹さんを亡くされた御老僧のご体験と、一人の少年の目を通して見た戦中戦後の御苦労をお伝えする、伝承者の一人になっておりました。大変なタイムトラベルの日々でした。

そんな日々にあって、明るく照らしてくれたのは、お念仏を別格とすれば、短歌、音楽としての歌曲、自然の美しさ、人々の温かさだった様に思います。勿論、テディベアと優しい絵画も…

わたくしが少しずつ立ち直るのをお日さまは温めてくださり、お月さまは、静かに照らしてくださったのでした。


この度、第二歌集として、この六年間の作品の中から、五十首一連のかたまり数年分を核にして、まとめました。

第一歌集『春夏秋冬』では、「季節」を編集の要とし、敢えて細かな情報を省き、謎は謎のまま残しましたが、この第二歌集『東から西に』では、「編年」を重視し、時代の空気や移ろいを正確に感じていただける様に、西暦を扉に配し、長い脚注を短歌に付けました。

短歌に脚注は不要、短歌が痩せてしまうから…というのが第一歌集のコンセプトであるならば、短歌に贅肉をつけない様に、具体にこだわり、長い脚注を付したものが、第二歌集となりました。

仮名遣いも、短歌は歴史的仮名遣いで詠むわたくしですが、脚注や解説の類は、現代仮名遣いを用いました。「古典の教科書のイメージ」「副音声のイメージ」と思っていただけると、嬉しいです。

そして、同時に前回も装画を描いてくださったフィレンツェ在住の画家、道原聡さんが研究されている複葉機のパイロット、アルトゥーロ・フェラリンの百年前の日本への飛行の旅を詠んだ一連も、「きみの複葉機」と題してエピローグに置きました。二〇二〇年に今度は、東京からローマに向けて企画されている複葉機の旅に、平和への願いを込めて。

ご縁があり、フェラリンが口ずさみながら飛行したと思われるイタリア歌曲を混声合唱で練習しながら、この一連を詠みました。

一九二〇年、フェラリンは、わたくしの住む三次、庄原地区の上空を飛行して、大阪から東京代々木に向かっており、到着は、五月三十一日…　この六年間の「時間旅行」の締めくくりに、出会うことになりました。

今、この文章を二〇一三年の四月に「晩春の日に」の一連を詠んだのと全く同じ窓辺で書きながら、モニュメントの点灯された街の様子に、変化が見られることに気付きます。

自転車はライトを点灯し、人々の多くは、地面に敷石の形で色分けされたライン通りには歩かず、比較的自由に歩みを進めている…　欅の大樹は枝を伐られて久しい…　この数年間の変化は、小さくなかったのかも知れません。

第一歌集で歌枕にした旅先の場所やものにも世界的に変化があり、この世は無常であると改めて思います。そして無常であるからこそ「不易流行」を真実だとも感じます。

ご縁のあったすべての皆様に、深く感謝申し上げます。

わたくしの自由な歌集づくりを温かく見守ってくださった地中海・昴グループ長の檜垣美保子さま、第一歌集に続いて今回も、わたくしの出版という向こう見ずな冒険を快くお引き受けくださり、丁寧なご助言をくださった青磁社代表・永田淳さま、編集案を具体化してくださった吉川康さま、第一歌集に続いて装幀を担当してくださった仁井谷伴子さまに、厚くお礼を申し上げます。

支えてくれた家族と友人達、くまちゃんの友達の二体のシュタイフハロウィンベア（妹と私が一体ずつを所有）に、愛を込めて。
十二歳の美穂子さんとお友達のご冥福をお祈りして。

この歌集を手にしてくださった全ての皆様に感謝して…

平成三十年（二〇一八年）十一月二日

金近　敦子

歌集　東から西に〈テディベアものがたりⅡ〉地中海叢書第九二四篇

初版発行日　二〇一九年二月二二日

著　者　金近敦子
庄原市東本町一－八－二一（〒七二七－〇〇一一）

定　価　二五〇〇円

発行者　永田　淳

発行所　青磁社
京都市北区上賀茂豊田町四〇－一（〒六〇三－八〇四五）
電話　〇七五－七〇五－二八三八
振替　〇〇九四〇－二－一二四二二四
http://www3.osk.3web.ne.jp/~seijisya/

印刷・製本　創栄図書印刷

ISBN978-4-86198-424-2 C0092 ¥2500E